Disney

La Reine des Neiges II

La mystérieuse licorne

Texte de Suzanne Francis.
Adaptation : Rosalind Elland-Goldsmith
Illustrations : Disney Storybook Art Team
Conception graphique : Le chalet graphique

Hachette Livre, 58, rue Jean-Bleuzen, 92178 Vanves Cedex.

Disney

La Reine des Neiges II

La mystérieuse licorne

hachette
JEUNESSE

ELSA

La Reine des Neiges règne sur la Forêt Enchantée. Dotée de pouvoirs magiques, elle peut tout transformer en glace !

ANNA
La petite sœur d'Elsa
a promis de veiller sur
le royaume d'Arendelle.
Rien ne l'arrête
quand il
s'agit de partir à
l'aventure !

OLAF

Ce petit bonhomme de neige tout mignon est aussi très, très drôle ! Mais surtout, il est un ami fidèle.

1

À la recherche d'une licorne

Depuis qu'il a appris à lire, Olaf passe presque tout son temps à la bibliothèque d'Arendelle, ou bien confortablement installé dans l'un des salons du château avec un bon livre. Tous les genres lui plaisent : les contes, les romans, la poésie… Mais ce qu'il aime par-dessus tout, ce sont les histoires sur les animaux, parce qu'elles lui permettent de découvrir de nouvelles espèces.

C'est ainsi qu'un beau matin, son attention est attirée par la couverture d'un ouvrage. Il s'assoit sur une banquette du salon royal, face à son ami Sven, le renne, et lui montre le livre.

– Tu vois cela ? C'est un roman sur les licornes !

Il feuillette les premières pages et commence la lecture à voix haute.

Les deux amis trouvent l'histoire tellement formidable qu'Olaf la relit en entier. Encore, et encore. Enfin, il pose le volume et déclare :

– Si seulement je pouvais voir une vraie licorne !

Sven approuve d'un léger grognement.

– Mais comment savoir où elles vivent ? demande le bonhomme de neige.

Il réfléchit en se grattant la tête.

– Si j'étais un magnifique cheval féerique avec une corne magique, quel serait mon habitat ?

Il s'imagine sous les traits d'une licorne, traversant au galop une splendide forêt.

Alors, son regard s'éclaire.

– Mais bien sûr ! La Forêt Enchantée… Je parie qu'on y trouve plein de licornes ! Allons-y, Sven, il n'y a pas une minute à perdre !

Le renne n'a pas le temps de réagir que, déjà, le bonhomme de neige a franchi la porte. Il hésite un instant, puis hausse les épaules, comme pour dire : « De toute façon, quand Olaf a une idée en tête, rien ne peut l'en détourner. » Aussi, non sans regret, Sven se résout à quitter le confort douillet du château d'Arendelle. Il s'élance à la suite de son ami.

Olaf sait exactement auprès de qui se renseigner pour savoir s'il existe des licornes dans la Forêt Enchantée. Auprès de la reine Elsa, évidemment ! Elle connaît tous les animaux qui vivent dans ces bois, elle les comprend et sait communiquer avec eux… À coup sûr, elle aura une réponse pour Olaf.

– Elsa ! appelle le bonhomme de neige dès qu'il l'aperçoit. C'est toi que je cherchais !

– Tiens, Olaf ! s'exclame la jeune femme, affairée auprès d'un bébé renne. Et Sven ! Quel plaisir de vous voir ! Qu'est-ce qui vous amène dans la Forêt Enchantée ?

Son ami lui explique qu'il s'est donné pour mission de trouver des licornes.

– Sais-tu où je pourrais en trouver ? demande-t-il tout bas, d'un air conspirateur.

Elsa ne peut s'empêcher de sourire. Voilà que le petit bonhomme de neige se prend pour un détective.

– Non, je ne sais pas, répond-elle gentiment. Mais je serais ravie de vous aider à chercher !

Les Esprits à la rescousse

Elsa, Olaf et Sven se mettent en route. Le bonhomme de neige est aux anges. Il adore passer du temps avec la souveraine. Depuis qu'elle partage la couronne avec Anna, on la voit moins souvent à Arendelle.

Et pour cause : elle règne sur la Forêt Enchantée, tandis que sa sœur gouverne le royaume.

Tout au long du chemin, Olaf ne cesse de parler. Il raconte ses journées, ses dernières lectures, ses réflexions sur le temps qui passe… Un vrai moulin à paroles ! C'est seulement quand les trois amis arrivent à la Vallée des Géants qu'enfin, le bonhomme de neige se tait.

À première vue, ils se trouvent au pied d'une haute falaise… Pourtant, quand Olaf agite les bras et crie : « Bonjour ! », la roche se met à remuer et révèle la silhouette imposante d'un géant de la Terre.

Celui-ci observe le trio avec un sourire.

– Que puis-je faire pour vous ? demande-t-il.

– Nous souhaitons avoir une meilleure vue de la Forêt, explique Olaf. Une vue… panoramique, si tu vois ce que je veux dire.

Le géant acquiesce et tend la main. Le bonhomme de neige grimpe dessus, et Elsa l'imite. Sven, lui, secoue la tête d'un air catégorique, mais se laisse finalement convaincre.

Olaf glousse quand il sent le géant qui le soulève avec ses amis dans les airs, haut, plus haut, toujours plus haut ! Il a l'impression de voler… Quelques secondes plus tard, il domine la vaste forêt.

– Quel paysage magnifique…, souffle-t-il.

Pendant plusieurs longues secondes, il contemple la cime des arbres. Elsa le sort de sa rêverie :

– N'oublie pas ce que tu es venu faire..., rappelle-t-elle doucement.

– Ah oui ! s'écrie le bonhomme de neige, fouillant les bois du regard. Hum... Je ne vois pas l'ombre d'une licorne, dit-il enfin.

Il lève alors les yeux vers le ciel et son visage s'éclaire.

– Mais ce nuage a bien la forme d'une licorne ! déclare-t-il avec un éclat de rire.

Quand le géant repose les trois amis à terre, une brise les entoure et danse autour d'eux. Elle chatouille le nez du bonhomme de neige.

– Tiens ! Courant d'Air ! Quel plaisir de te voir… Dis, tu aimes les licornes ?

En guise de réponse, Courant d'Air entortille les brindilles au sommet du crâne d'Olaf. On dirait qu'il a une corne sur la tête !

– Message reçu ! assure le bonhomme de neige. Nous te suivons !

L'Esprit de l'air ne perd pas une minute. À toute vitesse, il file à travers les troncs, les branches et les rochers.

– Pas trop vite ! s'écrie Elsa, en voyant l'écart se creuser.

Même Sven est à la peine ! Heureusement, la course folle est de courte durée. La petite troupe arrive bientôt dans une grande clairière mouchetée de fleurs multicolores. Cette fois,

Olaf est persuadé qu'il touche au but.

– Pas de doute, s'exclame-t-il avec confiance. Cette clairière est l'habitat parfait pour une licorne ! J'en suis certain !

Une drôle de licorne...

Au même instant, quelque chose remue dans la végétation. Olaf sursaute et se retourne. Il jette un coup d'œil curieux au buisson.

« Est-ce que ça pourrait être… une licorne ? » songe-t-il, les yeux ronds.

À pas de loup, il s'approche. Il écarte doucement les feuilles et…

– Bruni ! s'écrie-t-il. Je ne pensais pas te trouver ici !

L'Esprit du feu lui répond d'un jet de flamme enthousiaste. Agrippé à une branche, il paraît enchanté de voir ses amis.

– Nous sommes en quête d'une licorne, lui explique le bonhomme de neige. D'après moi, la Forêt Enchantée est le meilleur endroit pour chercher, mais jusqu'à présent, nous avons fait chou blanc… Tu n'aurais pas une petite idée, toi qui connais bien les environs ?

Bruni acquiesce vigoureusement. Puis il saute dans l'herbe et s'élance. Olaf se retourne vers Elsa et lui jette en gesticulant :

– Suivons-le !

La petite troupe se remet en marche, y compris Courant d'Air. Tous talonnent l'Esprit du feu à travers la clairière jusqu'à ce que celui-ci s'immobilise. De sa petite patte de lézard, il désigne des traces dans la terre.

– Des empreintes…, comprend Olaf en les examinant de près. Peut-être celles d'une licorne ! Bravo, Bruni, nous sommes sur la bonne piste !

L'Esprit du feu tressaille de joie. Il est si heureux de pouvoir aider ses amis !

Bientôt, ceux-ci parviennent au pied d'un grand chêne.

– C'est ici que mènent les traces de pas ! constate le bonhomme de neige. Nous allons accomplir notre mission !

L'œil rivé au sol, il continue de suivre les empreintes, jusqu'à la dernière. Le bonhomme de neige lève la tête et se retrouve nez à nez avec…

– Sven !

Elsa et Olaf restent bouche bée. Le renne les observe tranquillement, tout en mâchonnant une touffe d'herbe fraîche.

– Il a dû s'éloigner du groupe sans qu'on s'en rende compte, déclare Elsa. Et c'est lui que Bruni a cru que nous cherchions !

Olaf hoche la tête, mais il ne peut cacher sa déception. Il croyait sincèrement qu'il allait enfin voir une vraie licorne !

Heureusement, Elsa sait comment lui remonter le moral. D'un geste gracieux, elle envoie un éclair de magie scintillant en direction de Sven. Des étincelles virevoltent et tournoient sur le front du renne. Et soudain…

POUF ! Une magnifique corne de glace apparaît au-dessous de son toupet !

– Nous n'avons pas encore trouvé de licorne, admet la jeune femme avec un sourire.

Mais maintenant, nous avons un SVEN-icorne à nos côtés !

Olaf éclate de rire. Il retrouve son entrain habituel.

– Bravo, Elsa ! Nous allons mener à bien notre mission, c'est certain !

Et tous reprennent leur route, Sven en tête… bien qu'il ne soit pas vraiment convaincu par sa nouvelle apparence !

D'illusions en déceptions

Les amis poursuivent leur chemin à travers la Forêt Enchantée. Ils traversent des endroits très denses, où les troncs d'arbres sont à peine espacés, mais aussi de jolies clairières baignées de soleil.

Bientôt, ils parviennent à une rivière. Tout en longeant le cours d'eau, Olaf contemple les flots scintillants. C'est alors qu'il aperçoit un reflet à la surface.

– Tiens... Qu'est-ce que ça peut bien être ? murmure-t-il. Un poisson ?

Il plisse les paupières pour mieux voir.

– Mais non, on dirait une tête de cheval... surmontée d'une longue corne !

Le cœur du petit bonhomme de neige se met à tambouriner.

Il se retourne pour montrer le reflet à ses amis. Mais, au même instant, une silhouette majestueuse se matérialise devant lui. C'est Nokk ! L'Esprit de l'eau !

– Quoi ? s'écrie Olaf, décontenancé. C'est donc toi que je viens de voir dans la rivière ?

Le cheval acquiesce.

– Mais… cette corne, alors ? questionne le bonhomme de neige. Je suis certain d'en avoir vu une !

Tout en prononçant ces mots, il distingue une branche d'arbre dans le prolongement de la tête de Nokk.

– Ce n'était qu'une illusion d'optique, constate Elsa. Mais ne soit pas trop déçu, Olaf. Avec Nokk, nous avons une nouvelle recrue dans notre équipe de recherche !

Le bonhomme de neige pousse un long soupir.

– Je ne sais pas… Nous marchons depuis si longtemps. Je commence à fatiguer… et à craindre que nous ne trouvions rien.

– Ne te décourage pas, insiste Elsa. Il nous reste du temps avant que la nuit tombe. Mettons-le à profit !

Olaf relève le menton et bombe son petit torse. Il hoche la tête avec énergie.

– Tu as raison ! Nous sommes six, maintenant. Nous allons forcément réussir !

Sven s'agenouille devant le bonhomme de neige et lui tend ses bois. Olaf sourit d'un air reconnaissant et grimpe sur l'encolure de son ami.

– Yiiiha ! C'est reparti ! s'exclame-t-il.

La petite bande continue d'arpenter la forêt. Elle fouille les bosquets, sonde les cours d'eau et ausculte chaque rocher. Enfin, elle parvient à la lisière des bois. Au-delà, s'étend la mer.

Olaf met pied à terre et se retourne vers ses amis.

– Merci à tous de m'avoir accompagné dans cette quête, dit-il d'un ton solennel. À mon grand regret, nous n'avons pas trouvé de licorne... Mais comme le dit le proverbe...

Il continue de discourir, les yeux fermés pour plus d'effet.

Il ne voit pas que ses amis gesticulent vers la mer.

– Olaf ! coupe Elsa. Olaf !

– Non, Elsa, ne t'inquiète pas pour moi… Je ne suis ni déçu ni en colère…, poursuit le bonhomme de neige d'un air pénétré. Je suis seulement…

– OLAF ! insiste la jeune femme en désignant le large. Regarde derrière toi !

Le bonhomme de neige ouvre les yeux. Il se retourne mi-curieux, mi-vexé d'avoir été interrompu. Alors, il retient un cri…

5

La licorne des mers

Olaf ouvre de grands yeux. Il n'en revient pas : à quelques mètres du rivage, une superbe corne torsadée émerge des vagues.

Le bonhomme de neige balbutie :

– Serait-ce une…

Il n'a pas le temps de finir sa phrase. Sous son regard ébahi, une silhouette imposante fend les flots et bondit. Mais celle-ci n'a rien d'une licorne… C'est un animal marin, avec un corps de baleine et une longue défense sur le museau.

– Un narval ! s'écrie Olaf.

Elsa soupire. C'est à elle d'être un peu déçue… Elle pensait avoir trouvé une licorne et se réjouissait de la montrer à son ami.

– Je suis désolée, commence-t-elle.

Mais, contre toute attente, le bonhomme de neige est ravi.

– Savez-vous comment on surnomme ces beaux cétacés ? demande-t-il à ses amis.

Ceux-ci secouent la tête, intrigués.

– La licorne des mers ! s'exclame Olaf. Notre mission est donc accomplie ! Nous avons trouvé une licorne !

Chacun applaudit de joie, fier et rassuré. Puis tous observent l'impressionnant narval jusqu'à ce qu'il s'éloigne vers le large. Alors, les six amis entreprennent le chemin du retour. Il est temps de regagner le village d'Arendelle.

À peine arrivés au château, Olaf et Sven filent à la rencontre d'Anna et de Kristoff. Le jeune couple est tranquillement installé dans le salon royal, au coin du feu, comme chaque soir. La reine pousse un cri de joie quand ses amis entrent dans la pièce.

– Vous voilà ! Je me demandais où vous étiez passés ! Nous nous apprêtions à lire un conte.

– Un conte ? questionne Olaf en se précipitant vers eux. J'ai bien mieux à vous proposer. Je vais vous raconter une histoire vraie : l'aventure incroyable que Sven et moi avons vécue aujourd'hui dans la Forêt Enchantée !

– La Forêt Enchantée ? répète la souveraine avec surprise. Vous avez donc vu Elsa ?

– Vu Elsa ? Nous avons partagé des péripéties avec elle, oui !

En compagnie des Esprits de la terre, de l'air, du feu et de l'eau...

Olaf est tellement excité qu'il arrive à peine à reprendre son souffle. Anna le regarde avec tendresse.

– Ça alors..., dit-elle. Je me demande bien comment tout cela a commencé.

Elle échange un coup d'œil complice avec Kristoff, et celui-ci ajoute :

– Nous t'écoutons, Olaf.

Le bonhomme de neige s'assoit sur le tapis et entame son récit :

– Tout a commencé ici-même, dans le salon royal. Sven et moi discutions tranquillement, et c'est alors que j'ai vu un livre sur les licornes…

Il poursuit son histoire, tandis qu'Anna et Kristoff se blottissent confortablement sur le canapé. Sven, lui, est presque endormi. Tous écoutent avec passion la merveilleuse histoire d'« Olaf et la mystérieuse licorne ».

FIN

Découvre très prochainement
une nouvelle aventure de

Disney
La Reine des Neiges II

As-tu lu les premiers tomes de *La Reine des Neiges 2* ?

Tome 1

Tome 2

Tome 3

Tome 4

Tome 5

Tome 6

Tome 7

Tome 8

Tome 9

Tome 10

Retrouve Elsa et Anna
dans le roman du film

Pour tout connaître sur ta série préférée,
va vite sur le site :
www.bibliotheque-rose.com

TABLE

hachette s'engage pour l'environnement en réduisant l'empreinte carbone de ses livres. Celle de cet exemplaire est de :
200 g éq. CO_2
Rendez-vous sur www.hachette-durable.fr

PAPIER À BASE DE FIBRES CERTIFIÉES

Photogravure Nord Compo - Villeneuve-d'Ascq

Imprimé par Rotolito Romania en Roumanie
Dépôt légal : mai 2021
Achevé d'imprimer : avril 2021
62.6965.6/01 – ISBN 978-2-01-713096-3
Loi n° 49956 du 16 juillet 1949
sur les publications destinées à la jeunesse